LES
INDIGNES
AU
Corps-Législatif.

PAR

L.-P.-A. TESTE.

SE VEND

A PARIS

CHEZ DENTU, LIBRAIRE.

Palais-Royal, 17 et 19, Galerie d'Orléans.

A LYON

ET A GRENOBLE

Chez les principaux Libraires.

1869.

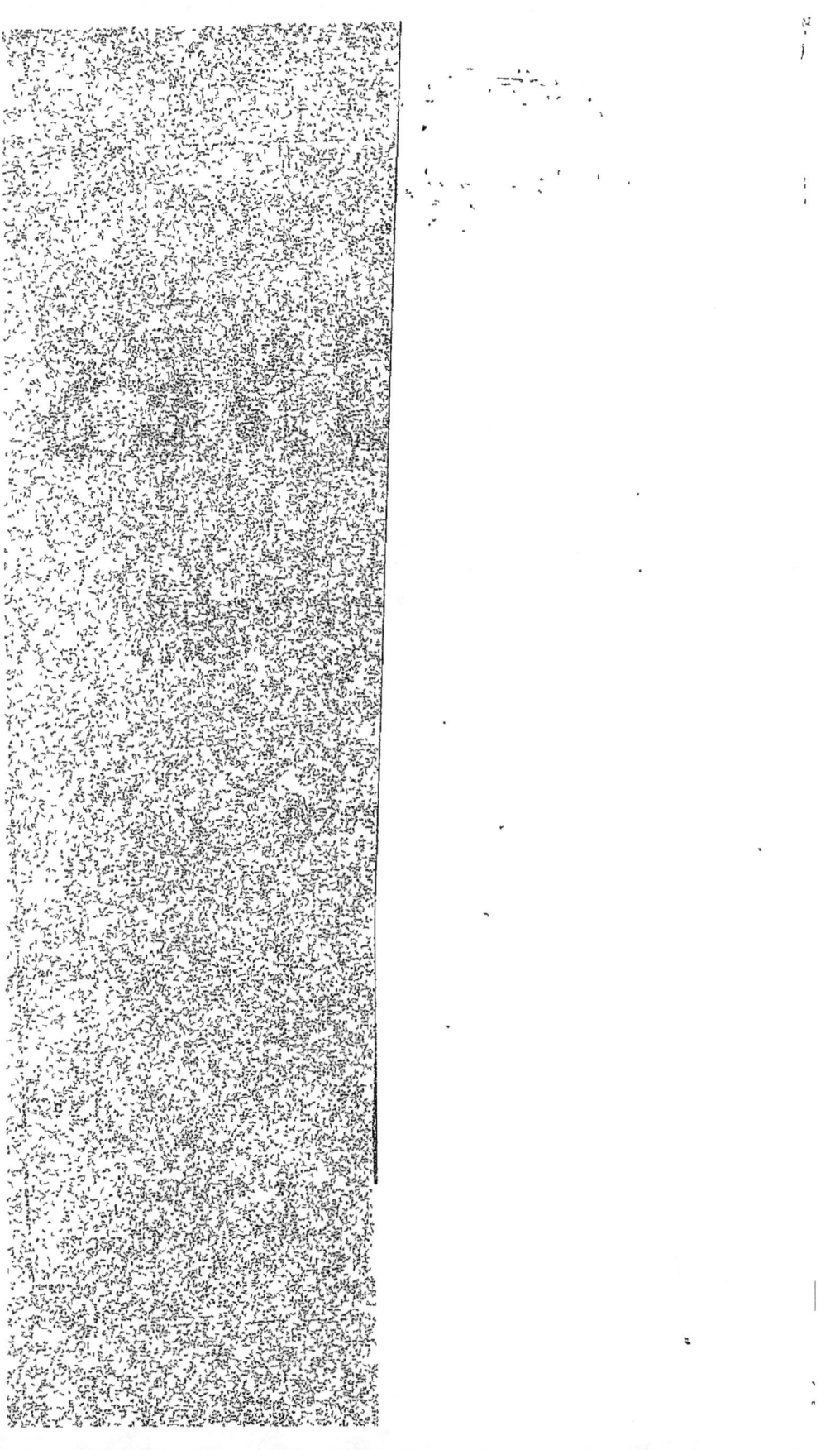

LES INDIGNES

AU

CORPS-LÉGISLATIF.

Bourgoin. — Imprimerie et lithographie F. MOULIN.

LES
INDIGNES

AU

Corps - Législatif.

PAR

L.-P.-A. TESTE.

Bourgoin

Imprimerie et Lithographie F. MOULIN.

1869.

LES INDIGNES

AU

CORPS-LÉGISLATIF.

———◆———

La loi civile et la loi politique. — Exceptions énonciatives. —
Le décret organique du 2-21 février 1852. — L'article 15 et
la théorie de M. Picard. — Assimilation.

———

Dans le cours de la session de Juillet, qu'a tout
à coup interrompue le décret de prorogation, plusieurs
journaux — le *Journal de Paris*, *la France*, *le
Figaro*, *etc.* — ont publié divers articles relativement à l'étendue du droit qu'a le Corps-Législatif
de vérifier les pouvoirs des élus du suffrage.

« Le suffrage universel, disent ces feuilles,
« est un souverain absolu qui impose sa volonté,
« sans autre forme de procès, quel que soit son
« choix. La Chambre n'est pas juge des motifs

« qui ont déterminé les électeurs ; elle a, pour
« mission unique, à examiner la sincérité, la
« régularité des opérations électorales, mais là
« doit s'arrêter son action. L'honorabilité des
« élus ne lui appartient pas ; c'est affaire aux
« électeurs de les bien choisir. L'éligibilité confère
« *ipso jure* l'admissibilité ; et, le Palais Bourbon
« n'est pas un cercle où l'on *blackboule* les élus
« qui sollicitent la confirmation de leur mandat. »

Cette thèse, vraie de tous points, pèche en celui-
ci : « L'éligibilité confère *ipso jure* l'admissibilité. »
Ce prétendu axiome peut séduire par la netteté de
sa forme ; mais, il n'est pas absolument exact.

Tant en politique qu'en droit, une telle proposition
rencontrera des incrédules : et si maints arguments
se dressent pour la détruire, on ne trouve que des
arguties pour la défendre.

———

La loi dispose pour les cas ordinaires. Après
s'être inspirée des principes de la morale, qui est
la loi de la nature, et les avoir conformés aux né-
cessités sociales, elle les retrace en traits généraux
et confie aux tribunaux le soin de leur approprier
les faits.

A son tour, la jurisprudence, éclairée par la certitude que les rapports de justice et d'équité sont antérieurs à toutes les lois positives, ne perd pas de vue l'origine de ces dernières et, pour les entendre, se pénètre de l'esprit et de l'intention du législateur. Lorsque les expressions des lois sont défectueuses, elle y supplée pour en remplir le sens selon leur motif ; car, dit un avocat au Parlement, dans son Commentaire des Instituts de Justinien, les lois répriment non-seulement ce qui est directement contraire à leurs dispositions expresses, mais aussi ce qui contrevient indirectement à leur intention. *In ambiguis orationibus, maxime sententia spectanda est ejus qui cas protulisset* (L. 96 ff. de reg. jur.). Cette pensée guide le juge et ouvre sa marche. Il sait que les lois, ne faisant que des règles générales, ne peuvent limiter l'avenir ni pourvoir d'une façon précise à tous les événements qui sont infinis et marquer tous les cas possibles. La raison lui indique qu'il est seulement de la prudence et du devoir du législateur de prévoir les accidents les plus naturels et les plus ordinaires et d'établir, sans entrer dans le détail des cas singuliers, des préceptes communs à tous. C'est au juge qu'incombe ce travail de détail ; à lui de rattacher aux cas prévus, et par là au principe, ceux de même nature. Son domaine est celui des faits; il s'y meut, il y vit, il en est maître; et si, l'abandonnant un instant, il s'élève dans le monde des spéculations théoriques qui est au législateur, c'est afin d'y chercher la vérité du droit, de la faire descendre jusqu'à la pratique, de lui assujettir les choses et de l'animer d'une existence effective. Intermédiaire entre le fait et le droit, son attribution essentielle consiste à appliquer les lois tant à ce qui paraît formellement réglé par elles qu'à toutes les occasions où l'on peut en faire une application équitable et qui se trouvent ou dans leur sens exprès, ou dans les conséquences qu'il est possible d'en tirer. Une fois le résultat juridique de ce rapprochement du droit au fait proclamé, son intervention cesse, n'ayant plus de cause.

Si telle n'était pas l'œuvre des tribunaux, les juges seraient inutiles; leur institution, une sinécure. Seule une règle brutale resterait à vérifier. Le moindre prévôt suffirait.

Fréquemment, le législateur restreint une loi au moyen d'exceptions que l'on estime ne pouvoir s'étendre d'un cas à un autre, *stricti juris;* mais, le plus souvent aussi, ces exceptions ne sont qu'énonciatives. D'un cas usuel spécifié, elles compètent à un cas analogue passé sous silence; *eadem ratio, idem jus.*

A quel signe reconnaîtra-t-on qu'une exception
est limitative ou qu'elle est énonciative?

Le caprice n'a pas accoutumé de créer les exceptions et l'on peut dire que la source de la loi est
la source de l'exception, c'est-à-dire la morale rendue
accessible, *usu exigente et humanis necessitatibus*
(Inst. Lib. I. Tit. II.). C'est une loi dans la loi. Ainsi,
d'après une maxime de la loi naturelle, on ne peut
faire des conventions contraires aux bonnes mœurs;
et cette maxime fait une exception à la règle géné-
rale qu'on peut faire toutes sortes de conventions.
Principe et exception ont la même origine : la morale
donne aux hommes le droit de faire toutes les
conventions qu'ils voudront; mais, la morale leur
défend de contrevenir aux bonnes mœurs. Si donc,
le législateur, ajoutant l'exemple à la théorie, cite
une convention portant atteinte aux bonnes mœurs,
toutes les conventions, ayant le même effet, seront
interdites. Il est assez qu'une espèce non spécifiée
ressemble à une espèce spécifiée, pour que le juge
fasse l'assimilation de celle-là à celle-ci. L'espèce
spécifiée est là *instar exemplum* et n'a d'autre but
que de dégager la formule de la loi de ce qu'elle
a de trop abstrait, afin de la rendre plus compré-
hensible. De la même manière que s'éclaircit la loi,

s'éclaircit aussi l'exception. Et, dans tous les cas où la raison de l'exception existera, l'exception devra être appliquée, en vertu du principe que l'étendue des lois du moins au plus et du plus au moins est bornée aux choses du même genre dont la loi dispose ou qui sont telles que son motif doive s'y étendre. Pour s'assurer de la légitimité de l'extension, les cours de justice ont un *criterium* certain : la non-assimilation de deux espèces constitue-t-elle à l'une, à l'encontre de l'autre, une injustice manifeste ? Alors incontestablement l'exception est énonciative.

En somme, le caractère ordinaire de l'exception limitative est d'être arbitraire ; dans les cas assez rares où ce n'est pas sa marque distinctive, elle englobe alors toute la matière qui fait son sujet. Tandis que l'énonciative est partout et toujours naturelle. L'une, voulant expliquer son origine, ne peut remonter au delà de la volonté du législateur ; l'autre se fonde sur le principe même du droit, la morale.

Voilà pour les tribunaux quelle est la règle. Elle est bien plus large et moins chargée d'entraves, lorsque la loi sera interprétée par le pouvoir législatif qui l'a faite. Mieux que le pouvoir judiciaire, il en étudiera

la formation, fouillera sa pensée, pénètrera ses
secrets, pèsera ses plus minces raisons. L'étendre,
la restreindre, la modifier, l'abroger même est son
droit. Placé dans une sphère où les intérêts généraux
absorbent les intérêts particuliers, où les ambitions
individuelles ne doivent point se faire jour, le
pouvoir législatif, dont l'honneur est le seul conseil-
ler, ne saurait prêter la main à ces composi-
tions avec la morale que le juge tolère, par égard
pour l'omission du législateur et pour le doute qui lui
ordonne parfois de s'abstenir. Cette fusion acciden-
telle des deux pouvoirs et la souveraineté du juge-
législateur expliquent pourquoi les expressions du
droit politique sont plus sommaires ; le pouvoir qui
fait la loi, la comprenant sans peine et assimilant,
comme s'il se jouait, une espèce à une exception.
Et lorsque de cette opération, si secondaire en
apparence, surgit une question qui intéresse la
probité de l'Assemblée-Législative elle-même, les
rivalités se taisent, les partis s'effacent ; on ne voit
plus que les représentants d'un grand peuple,
gardiens de l'honnêteté, et qui sauront, sans faiblesse
et sans transaction coupable, la défendre.

Tout cela ne serait point et il faudrait, à l'inverse
du droit privé dont la lettre tue et l'esprit vivifie,

exécuter servilement la lettre du droit politique, sans même s'inquiéter de son esprit. On arriverait droit à cette extrémité, si l'on en croyait les publicistes dont je parlais; et, en pratiquant leur théorie, on viendrait le plus naturellement du monde à séparer la morale de la politique qui doit toujours lui être soumise.

Sans aucun doute, le droit de vérification n'autorise d'une façon quelconque le Corps-Législatif à *blackbouler* un candidat, c'est-à-dire, à dresser un rapport après enquête sur ses faits et gestes, alors qu'ils concernent sa vie privée et n'ont point trait directement à l'élection. Cet usage est recommandé aux jésuites par les *Monita secreta societatis*; à l'Union maçonnique, par les statuts de l'Ordre; aux cercles et aux clubs, par leurs règlements. L'observance en est plus ou moins rigoureuse et l'admission est bien des fois œuvre de coterie. Mais, le Corps-Législatif n'est ni un couvent, ni une loge, ni un cercle. Et ces investigations, qui sont secrètes, n'ont pas, dans les associations privées, les inconvénients qu'elles auraient dans une assemblée politique surtout et dans toute assemblée publique. On courrait peu de risques à être *blackboulé* par les jésuites ; et l'on gagnerait beaucoup à être déclaré par eux impropre au Jésuitisme. Tout intérieure pourtant serait cette satisfaction ; un œil étranger ne pénétrant jamais au sein de ces sociétés. Combien différente est une assemblée législative et à quelles tristes conséquences conduirait une si exhorbitante faculté !

On comprend, en effet, que le président d'un cercle refuse de présenter un candidat, en alléguant qu'il est réputé jouer le rôle d'espion : on ne comprendrait pas, au contraire, que le Corps-Législatif éconduisît ce même citoyen, si les suffrages d'une circonscription l'avaient régulièrement investi du mandat représentatif. De même encore, qu'un élu ne soit pas refusé, sous le prétexte qu'il est arrivé à la fortune par des spéculations peu estimables, qu'on l'a vu figurer dans des entreprises dont le but réel était l'exploitation de la bêtise humaine, ou qu'étant dans la confidence du prince, il a battu monnaie avec de fausses nouvelles, à la bonne heure !

A ceux-là, on peut appliquer le mot de M. Ernest Picard : « Nous sommes obligés d'admettre au Corps-Législatif des gens que nous n'admettrions pas dans

nos salons ». Le mot est juste. Car, ce serait in-
troduire au Parlement une pratique inquisitoriale
que, par la suite et dans les crises politiques où
la majorité devient oppressive, l'on pourrait étendre
à l'infini. Nous verrions mettre en avant, pour motif
d'exclusion, le privilége sacré de la liberté de conscience, les croyances morales, politiques, philoso-
phiques, religieuses, jusqu'à la modestie de notre
condition. Tel serait rejeté parce qu'il professe des
doctrines communistes, parce que, d'après lui,
Fourier et Babœuf ont mieux compris le problème
social que les rédacteurs du Code Napoléon, et
qu'il préfère au pouvoir régnant la République. Le
roi absolu serait de nouveau, comme dit Saint-Simon,
« la source de tout honneur et de toute justice. »

Cette sorte d'éclectisme est excellente pour un par-
ticulier, dans le choix de ses relations; ce qui
n'empêche qu'elle serait inique si on l'appliquait
au Corps-Législatif.

L'histoire nous apprend ce que peuvent être ces
entrainements, même dans une assemblée éclairée.

En 1819, le collége électoral de Grenoble envoya
l'abbé Grégoire à la chambre des députés. Grégoire
avait fait partie de la Convention et voté la mort
de Louis XVI. C'était là un acte politique dont

les délégués du pays assumaient la responsabilité collective : mais, à raison duquel, on ne pouvait pas plus incriminer Grégoire qu'on ne pourrait incriminer un juge pour avoir condamné un accusé, le jugeant coupable. Néanmoins, Grégoire ne put siéger. Les membres du côté droit s'y opposèrent. Ces transfuges du despotisme impérial avaient à se faire pardonner leurs plates adulations pour l'auteur du coup d'état du 18 brumaire. Il fallait bien prouver qu'ils étaient gens à servir tous les pouvoirs, la Restauration après l'Empire, et que leur zèle de courtisans n'était pas éteint. Après une discussion orageuse, l'exclusion du conventionnel fut prononcée. C'était ce qu'on appelle faire sa cour.

Sans bornes fut le dévouement de cette Chambre au nouveau maître.

Manuel avait pris la défense de Grégoire et son discours avait indisposé contre lui quelques-uns de ses collègues qui se promirent de tirer vengeance de son indépendance et de sa loyauté. Le parti réactionnaire redoutait la vigueur de son raisonnement, la subtilité de sa dialectique, cette franchise d'opinion et de parole qu'il apportait au service de sa cause. Dans la séance du 27 février 1823, plusieurs de ses adversaires politiques avaient vivement attaqué la Convention. Manuel monte à la tribune, repousse ces attaques et entreprend de justifier cette assemblée que l'esprit de parti a tant de fois calomniée, dont la tâche a été si difficile, la position si périlleuse et de laquelle est sortie tout armée la société moderne. A peine avait-il prononcé quelques paroles, que des cris à l'ordre ! l'interrompirent. Le tumulte fut à son comble. On s'indigna que dans une assemblée française un député du peuple élevât la voix pour défendre ceux qui avaient formé le peuple, pour plaider en faveur de cette Convention dont M. Thiers a dit : « aux hommes qui s'appellent avec orgueil patriotes de 89, la Convention pourra toujours dire : Vous aviez provoqué la lutte, c'est moi qui l'ai soutenue et terminée » ; de cette Convention que Ponsard a chantée dans des vers restés célèbres et que tous nous avons applaudis. Doué d'un admirable sang-froid, Manuel n'était pas homme à s'effrayer des clameurs, des hostilités de la droite. Son courage lui valut plus tard cet éloge de Béranger, qui n'était pas né flatteur :

Ce n'était point la foudre qui s'égare ;
C'était un glaive aux mains de la Vertu.

Solennel était l'instant pour le généreux improvisateur; son énergie ne lui fit point défaut. Il
attend que le calme soit rétabli, et continuant
alors la justification qu'il avait ébauchée, il qualifie
de « crime nécessaire » la condamnation de Louis XVI.
M. de la Bourdonnaie se lève à ces mots et
réclame avec emportement, pour cause d'indignité,
l'expulsion du député que la Vendée et le Finistère
avaient élu, de Manuel l'ami de Laffite et de
Dupont (de l'Eure). Cette proposition est acclamée
par la foule des ministériels et le Président enjoint
à l'orateur de se retirer. Manuel, se rappelant la
réponse de Mirabeau, proteste contre l'illégalité
de l'ordre et déclare qu'il ne cèdera qu'à la violence.

Au jeu de paume, à l'instant où l'Assemblée-Constituante allait mettre au monde notre glorieuse révolution, l'influence de la Cour fut encore toute puissante. Quoi d'étonnant à ce que la monarchie de
Louis XVIII ait voulu restaurer l'absolutisme des
anciens temps ! La gauche déplaisait au Château ;
n'était-ce pas assez pour qu'on sacrifiât à son bon
plaisir ? Et l'on vit, ô honte ! sans plus d'égards
que pour un malfaiteur, un législateur arraché de
son banc par deux gendarmes.

Cette violence donna raison au mot de Courier:

2

« En France, tout finit par les gendarmes »; mais
elle flétrit l'assemblée qui l'ordonna. « La Chambre,
dit M. de Cormenin, fit un coup d'état: ce qui perd
les Chambres comme les rois, même lorsqu'ils réus-
sissent ; elle viola l'inviolabilité de la Tribune. »

C'est le retour possible de tels abus qui préoccu-
pait les journalistes dont il était question plus haut.
Ils voyaient la porte ouverte aux listes de proscrip-
tion et au régime des suspects ; aussi, cette crainte
a-t-elle porté dans leur esprit et sous leur plume
une-véritable confusion. Trop présente est à leur
souvenir la bizarre doctrine que voulait faire revivre
et qu'émettait en ces termes, il y a quelques années,
un rapporteur au Corps-Législatif : « Nous n'avons
pas le droit de nous élire, mais nous avons celui
de nous choisir ». Dans leur empressement, que
nous partageons, à répudier un tel abus, le droit
du plus fort, ils n'ont point vu qu'il ne s'agissait pas
de ressusciter le système gothique de *blackbouler*
les élus, de leur faire passer un examen public sur
leur moralité, leur savoir et leurs convictions, de
les soumettre en quelque manière à un second tour
de scrutin et après, de les *choisir*, de les rejeter
ou de les recevoir ; mais qu'il s'agit, au contraire,
d'assimiler certaines flétrissures ayant un caractère

juridique, légal et officiel aux cas de même nature énonciativement cités par le décret du 2—21 février 1852. Loin d'être arbitraire et de ressembler à ces violations inconcevables de la souveraineté du suffrage, cette assimilation, au point de vue moral, ne rencontrera le blâme de personne; et, au point de vue du droit, on verra par le rapprochement comparé des espèces spécifiées aux espèces non spécifiées, du caractère des unes et des autres et par la pensée du législateur, que ce n'est point là refaire la loi, mais étendre justement une exception que cette loi n'a pas limitativement créée.

Examinons ce décret.

———

Décret organique du 2-21 février 1852. tit. 2, art. 12. — « Sont électeurs, sans condition « de cens, tous les Français, âgés de vingt-un ans « accomplis, jouissant de leurs droits civils et « politiques. »

Tit. 3, art. 26. — « Sont éligibles, sans condi- « tion de domicile, tous les électeurs âgés de vingt- « cinq ans. »

Puis, viennent quelques exceptions énumérées par les articles 15, 16 et suivants.

Ces exceptions sont de deux sortes : elles consti-
tuent des *incompatibilités* et des *incapacités*.

Les *incompatibilités* — qui ne portent que sur le
droit d'éligibilité, — sont motivées sur cette considération que certaines fonctions ne peuvent, à cause
de la dépendance dans laquelle est placé celui qui
en est revêtu, s'exercer concurremment avec le mandat législatif. Elles sont fondées en outre sur la
théorie de la séparation des pouvoirs. (Art. 29,
tit. 3, et art. 30, m. tit.).

Toutes ne sont pas définies ; car, au mois de
juillet, la Chambre prorogée a sursis à statuer sur
l'assimilation des chambellans aux fonctionnaires
compris dans l'exception des incompatibles.

Même avant la dernière législature, on parlait de
cette assimilation.

Voici ce que M. Prévost-Paradol écrivait, le 21
décembre 1862, au *Courrier du dimanche*, au sujet
des chambellans :

« Il est un ordre de fonctionnaires qui ne devrait
« point figurer dans la chambre élective, et dont
« la présence en ce lieu due évidemment à un

« malentendu, a donné lieu aux plus justes cri-
« tiques. Ce sont les chambellans de l'Empereur,
« et en général les officiers de la maison impé-
« riale, de quelque nom et de quelque fonction
« qu'ils soient décorés. Vous savez avec quel soin
« et avec quelle précision la Constitution a fort
« sagement exclu toute espèce de fonctionnaires
« de la Chambre. Comme le maire est aujourd'hui
« nommé par le Gouvernement, l'absence d'un
« traitement attaché à l'emploi de maire est tout
« ce qui distingue ce magistrat municipal d'un
« fonctionnaire. En admettant que cette distinction
« suffise pour expliquer la présence d'un maire
« à la Chambre, elle ne saurait être invoquée en
« faveur d'un chambellan de l'Empereur: le cham-
« bellan a un traitement. Par quel argument
« est-il donc possible de justifier sa présence à
« la Chambre? Dira-t-on que les fonctions qu'il
« remplit au Château ne le rattachent par aucun
« lien à la politique du Gouvernement? Cet ar-
« gument pouvait paraître valable sous la monar-
« chie constitutionnelle, lorsque la royauté était
« (ou plutôt, hélas ! devait être) entièrement dé-
« sintéressée dans le résultat des ttes parlemen-
« taires. Mais, c'est méconnaître le t xte et l'esprit

« de la Constitution actuelle que de produire au-
« jourd'hui un argument de ce genre. Plus on lit
« la Constitution et surtout plus on la voit prati-
« quer, plus on doit sentir que l'Empereur est,
« dans toute la force du terme, ce qu'on entendait
« jadis par un Président du Conseil, avec cette
« seule différence que l'Empereur, bien que res-
« ponsable, est inamovible. Entre un chambellan
« de l'Empereur et le secrétaire général d'un
« ministère, il y a donc cette unique différence
« que le secrétaire général relève d'un ministre
« ordinaire, tandis que le chambellan de l'Empereur
« dépend étroitement du premier de tous les mi-
« nistres, de celui qui à son gré les nomme ou
« les révoque; de celui sans lequel tous les autres
« ne sont rien; en un mot, du chef réel et
« incontesté du gouvernement de la France.

« Le chambellan de l'Empereur devrait donc,
« aux termes de la Constitution, être écarté plus
« rigoureusement encore que tout autre fonction-
« naire du mandat de législateur. »

On voit par suite que la loi n'a pas prévu tous
les cas. Que l'on n'objecte point que les chambellans — n'existant pas en 1852, au service du
Président de la République qui n'en avait que faire

et qu'il a jugés utiles devenu Empereur, — ne pouvaient être classés parmi les fonctionnaires. Cette objection est sans valeur, puisqu'elle confirme ce que je disais des dispositions habituelles de la loi.

Par contre, d'autres fonctionnaires, les ministres par exemple, auront accès à la Chambre, en vertu du Sénatus-consulte qui nous octroie une sorte d'ébauche de gouvernement parlementaire, et précisément à cause de cette nouvelle forme de l'Empire autoritaire rendant un hommage forcé à l'axiome de Benjamin Constant.

En ce qui concerne cette première exception, la loi a procédé énonciativement.

La seconde exception, l'exception des *incapacités*, a une double nature. *L'incapacité* est tantôt physique, tantôt morale. Physique, elle reste à proprement parler une *incapacité*. Morale, le mot *indignité* la définit mieux. L'interdit pour cause de démence, d'imbécillité ou de fureur est un *incapable*. Le failli, le forçat, le condamné libéré sont des *indignes*.

L'incompatibilité et *l'incapacité* n'ont rien d'humiliant ; *l'indignité* est infamante.

Claire est l'intention du législateur.

Il est des fonctions qui ne peuvent aller de pair avec les fonctions législatives. — **Incompatibilité.**

Le mandat de député ne peut être rempli que par le citoyen étant dans une certaine condition physique. Celui que l'état de sa santé a fait interner dans un asile d'aliénés, je suppose, est impropre à cette fonction. — **Incapacité.**

Jouir du droit de citoyen est un honneur, et un plus grand honneur est de représenter le pays. Ne méritent pas ce droit ni cette distinction ceux qui ont attenté gravement aux lois et à la morale et que la justice a punis. — **Indignité.**

Dira-t-on que, mieux que les *incompatibilités*, les *incapacités* et les *indignités* sont de droit étroit, et qu'en dehors des cas expressément prévus par le décret de 1852, tout citoyen qui peut déposer dans l'urne son bulletin de vote, par voie de conséquence, peut entrer à la Chambre !

L'étude, faite au début, des exceptions de droit fournira la réponse. Par l'application de ces principes aux cinq espèces que nous allons parcourir, on verra qu'il est rigoureusement exact que le sourd-muet est *incapable*, et qu'il faut assimiler aux

indignes des nᵒˢ 5, 6, 8 et 17 de l'article 15, le proxénète patenté, l'officier ministériel destitué par la
chambre de discipline de son Ordre, le magistrat
inamovible destitué par la Cour de Cassation et
l'agent de change exécuté à la Bourse et chassé
par le Syndicat.

———

Le décret de 1852 dit formellement que l'interdit
est incapable; nous en avons développé le motif,
nᵒ 16, art. 15.

Le sourd-muet qui, lui, est électeur, serait-il admis à siéger comme député? Concédons qu'il ait la
plénitude de ses facultés intellectuelles, moins la
culture que donne le commerce des hommes, est-
il apte à remplir son mandat? N'entendant pas les
discussions de l'assemblée, la lecture des rapports,
les discours des orateurs, les observations, les amen-
dements, le pour et le contre, comment la lumière
se fera-t-elle dans son esprit? Souvent, il ne sera
à même d'opter que le lendemain de la mise aux
voix, quand il aura lu le compte-rendu du *Journal
officiel*. A la surdité ajoutant le mutisme, il ne
pourra apporter à ses collègues son contingent de
lumières, puisqu'il sera dans l'impossibilité d'exposer

sa pensée soit à la tribune, soit au sein des commissions. L'illettré au moins écoute, entend, se fait comprendre; et si son intelligence lui fournit quelques ressources naturelles, les idées de bien et de mal étant innées, il est à la rigueur capable de voter une loi. Mais qui veut la fin, veut les moyens. Un député n'est pas élu simplement pour émarger au budget, ce serait trop facile; il est élu pour faire des lois. L'infirmité du sourd-muet est un obstacle invincible à cette faculté. C'est là une réelle incapacité, aussi réelle que celle de l'interdit. Mais, dira-t-on, il n'y a pas de comparaison possible entre l'aliéné ou l'idiot et le sourd-muet, quant à l'étendue de leur incapacité! Soit. Cependant ni l'un ni l'autre, par suite du dérangement de leurs organes, ne sont propres à des fonctions publiques. L'origine de leur incapacité est la même, avec la différence du moins au plus. Au demeurant, comparerez-vous l'indignité du failli à l'indignité du parricide! Tous les deux sont indignes.

Si des *incapacités* nous passons aux *indignités*, trouvons-nous celles-ci précisées davantage et comprenant tous les cas où la raison de l'exception existera?

Aux termes des nᵒˢ 5 et 6 de l'article 15 du décret organique, « les condamnés pour attentats aux mœurs prévus par les articles 330 et 334 du Code pénal » et « les condamnés pour outrage aux bonnes mœurs » sont indignes et privés du droit d'élire et d'être élus.

Que l'exception *d'indignité* soit limitative, voyez à quelles immoralités vous êtes précipités.

« Toute personne, dit l'article 330 du Code pénal, qui aura commis un outrage public à la pudeur, sera punie d'un emprisonnement de trois mois à un an, et d'une amende de 16 fr. à 200 fr. » Et de plus, en vertu de l'article 15, elle sera déchue de ses droits de citoyen.

L'outrage public à la pudeur consiste très-souvent dans un fait relativement insignifiant, dans un simple acte ou geste d'indécence. Ainsi, il a été jugé par un arrêt de la Cour de Montpellier du 8 août 1859 (S. 59. 2. 490). que le délit d'outrage public existe toutes les fois qu'un acte immoral s'est produit publiquement, quand bien même il n'y aurait pas eu intention criminelle.

L'article 15 est-il fait uniquement pour l'article 330 ?

Alors, le proxénète, non celui

. . . .

. . qu'à la Cour où tout se peint en beau,
Nous appelons être l'ami du prince,

. . . .

. . . .

mais le proxénète patenté peut aspirer à la députation. Quand il a vingt-cinq ans, il est éligible. Et s'il était élu, le Corps-Législatif serait donc obligé de l'admettre?

Je l'avoue. J'ai beau interroger la loi, faire appel à la morale, consulter ma conscience, je ne puis expliquer cette faveur que vous accordez au proxénète et que vous refusez à qui a outragé la pudeur. Par quels arguments défendez-vous l'un des coups de l'article 15 dont vous écrasez l'autre? Est-ce que son métier n'est pas le plus ignoble des outrages à la pudeur, un outrage de tous les jours, de toutes les nuits, que la passion ne peut pallier? Cet outrage n'est-il pas public? Sa maison n'est-elle pas ouverte à tout venant et mille fois plus connue que le débauché de l'article 330? Le nom qu'il lui donne dit assez que ce n'est pas une école de bonnes mœurs, un foyer domestique. Outrage public! Il est patenté, ce proxénète. *Pretium stupri!* Il vaque à son trafic, sous la protection des autorités civiles et militaires. Est-ce qu'un jugement le déshonorerait ! Il est inscrit au bureau des mœurs. Le législateur, qui a voulu punir une faute isolée, « un outrage à la pudeur », que l'ivresse, l'amour, l'entraînement des sens ont occasionnée, n'a pu réserver des lauriers à qui ces fautes, « des outrages à la pudeur», sont familières. Il a frappé l'un, parce qu'il procède plus volontiers du père que du bourreau; son devoir est de corriger : il néglige l'autre à qui la honte et le remords sont inconnus et qu'il a cantonné, vil esclave de la débauche publique, dans un *lupanar*. Pour le proxénète et le condamné pour outrage à la pudeur, la même raison d'exclusion existe; la morale publique est outragée par l'un et par l'autre, plus gravement par celui qui n'est pas nominativement exclu. Il y a moins de proxénètes que de condamnés en vertu des articles 330 et 334, et le législateur ne disposant, pour la règle et pour l'exception, qu'en vue des cas ordinaires, a cité l'un, sans vouloir exclure l'autre de cette exception. Et, si l'on ne tient nul compte de ce lien d'équité qui rattache une espèce à l'autre, si l'on ferme les yeux sur le vrai sens de la loi pour obéir en aveugle à des mots; semblable à ce préteur romain qui, au temps de la législation des douze tables, condamnait un

plaideur, parce que dans l'exposé de sa demande —
juste d'ailleurs, — il avait omis une insignifiante formule ou interverti les termes de cette formule; en
vérité, comment exposera-t-on une non-assimilation
motivée! On ne pourra que dire: le décret organique se tait sur le proxénète. Belle raison! chez
un peuple civilisé qui parle de droit et de morale.

Sont indignes « les notaires, greffiers et officiers
ministériels destitués en vertu de jugements ou décisions judiciaires »; (nº 8. Article 15).

Théoriquement, ces fonctionnaires sont destitués
par l'autorité judiciaire, lorsqu'ils contreviennent
d'une façon grave aux lois ou aux règlements pro-
fessionnels. Ils exercent sous la surveillance inces-
sante des tribunaux, du parquet et des magistrats;
et c'est aux tribunaux, sans préjudice des censures de la
Chambre, qu'il appartient de prononcer sur la plupart
de leurs manquements disciplinaires. Le législateur
ne pouvait donc prévoir que ce genre de destitution et ne devait pas sanctionner, même indirectement, toute autre destitution à laquelle la justice
resterait étrangère; ce qui aurait pour effet d'affaiblir
son action. Toutefois, chacun sait qu'en pratique

les choses se passent différemment. Les officiers
ministériels appartiennent à des compagnies investies
de la confiance publique; l'estime et la considération entourent ceux qui sont dépositaires de l'honneur,
de la fortune et des secrets des familles. Lorsqu'un
membre de ces corporations oublie ses devoirs, pour
que sa faute ne rejaillisse point sur la corporation
elle-même, celle-ci acquitte les obligations qu'il a
contractées. La chambre de discipline lui signifie
l'ordre de vendre son office dans un délai qu'elle
fixe; elle lui dit: nous payerons vos dettes, nous
désintéresserons les créanciers ou les clients qui
auraient intérêt à vous livrer à la justice et vous
irez exercer votre charge de l'autre côté de la fron-
tière. Doit-il bénéficier de ce moyen terme pris non
dans son intérêt mais dans celui de ses confrères?
Est-il moins coupable que si un jugement l'avait
frappé et sa destitution n'est-elle pas aussi certaine?
Mais direz-vous encore: il faut un jugement du
tribunal, ou une décision judiciaire, et non une
délibération du conseil de l'Ordre. Je vous répondrai
en citant un cas qui n'est prévu ni par l'article 15
ni par l'article 16, dont le décret organique ne dit
mot, qui moralement est pire que le cas en question, qui de plus est constaté par un arrêt. Et sous
le beau prétexte que son nom ne figure pas en

grosses lettres dans le texte du décret, alors cependant qu'il réunit tous les caractères, avec circonstances aggravantes, des exceptions de l'article 15, vous ne le ferez pas rentrer dans ces exceptions!

Le magistrat inamovible que la Cour de Cassation destitue, en exécution de la loi du 16 thermidor an X et de la loi du 20 avril 1810, est électeur, éligible par conséquent. Et vous admettrez à l'honneur de faire les lois celui qui a été déclaré indigne de les interpréter? L'article 15 dit: « les notaires..... destitués en vertu de jugements ou décisions judiciaires »; l'arrêt de la Cour de Cassation, chambres réunies, est, je pense, une « décision judiciaire » et la loi n'exclut pas expressément le magistrat destitué. Direz-vous que l'article 15 ne parle que des « notaires, greffiers et officiers ministériels » ? de la sorte que plus un homme a de titres à la considération publique, moins ses fautes sont détestables, quand il tombe. Non, celui qu'on a solennellement reconnu indigne d'être juge ne pourra devenir législateur; — *qui indignus est inferiore ordine, indignior est superiore ordine* (L. 4 ff de Sen.). Par respect pour la magistrature et pour ne pas la rendre suspecte, la loi est silencieuse. Mais scrutez sa pensée, interprétez ses motifs, étudiez sa marche habituelle, ne la séparez jamais de la morale et de nos coutumes dont elle est l'expression, expliquez-la enfin, ainsi que vous feriez d'une loi ordinaire, sans mesquinerie ni passion; et, à moins de brouiller toutes les notions reçues du juste et de l'injuste, vous conviendrez qu'ici le décret organique n'a entendu poser que des exemples et ne pas borner à ces exemples tous les cas d'indignité.

Nous arrivons à la quatrième espèce de ces indignes.

Un agent de change dont l'exécution a eu lieu à la Bourse, dont la charge a été vendue par le Syndicat, les dettes payées par le Syndicat, sans remboursement ultérieur, est-il admissible à siéger comme député?

En remontant à la législation civile et à la législation commerciale telles qu'elles existaient en 1852, lors du décret organique qui exclut le failli, (N° 17, art. 15.) — « Les faillis non réhabilités dont la faillite a été déclarée soit par les tribunaux français, soit par jugements rendus à l'étranger, mais exécutoires en France, » — on ne voit pas cette exclusion formulée contre ceux qui ont fait cession de leurs biens. A cette époque, la contrainte par corps, pour dommages civils, restitution de cheptel et autres causes non-délictueuses (le stellionat par exemple), s'exerçait contre un non-commerçant. Ce dernier, comme le commerçant lui-même, pouvait donc être admis au bénéfice de la cession de biens; (art. 898 Procédure civile. — 1.265 Code Napoléon).

A l'un et à l'autre, « la cession judiciaire, dit l'article 1.268 du Code Napoléon, est un bénéfice que la loi accorde au débiteur malheureux et de bonne foi, auquel il est permis, pour avoir la liberté de sa personne, de faire en justice l'abandon de tous ses biens à ses créanciers, nonobstant toute stipulation contraire. »

Si c'était un commerçant, il y avait là une véritable constatation judiciaire de l'état de faillite, puisqu'il y a constatation de la cessation de paiements et que cette cessation constitue à proprement parler la faillite (art. 437 code com.);

Si le bénéficiaire de la cession de biens était un non-commerçant, il y avait pour lui une sorte de déchéance morale; car, on doit être plus indulgent pour un commerçant dont la ruine est fréquemment le fait d'autrui, le résultat d'événements imprévus

et impossibles à prévoir, que pour un simple parti-
culier qui peut avec beaucoup plus de sûreté diriger
ses affaires et en régler l'avenir.

Le cessionnaire de biens devait aller à la mairie
de son domicile, en personne, un jour de séance,
demander grâce à ses créanciers et se faire afficher
au tableau destiné à cet usage. (Art. 898, 901, 903
Proc. civile.) On lui imposait une publicité presque
égale à celle de la faillite. On le soumettait à une
formalité publique et personnelle dont le failli était
affranchi. C'était une espèce d'amende honorable à
la population dans la personne des créanciers et du
conseil municipal. Il fallait qu'il leur dise: je ne
puis vous payer intégralement, prenez ce que
j'ai, faites-moi grâce de l'exigibilité actuelle du
surplus.

Cessionnaire et failli ne sortent pas de là entiers;
ils ont perdu la plus grande partie de leur dignité personnelle. Sans une audacieuse effronterie, auront-ils
cette fierté de cœur et d'esprit qui appartient au
Français *integri statûs!* Ils sont amoindris, humiliés,
capite minuti.

Moins de défaveur, toutefois, s'attachait au cessionnaire; — l'article 1.268 en déduit la cause.

Pire est la situation de l'agent de change exécuté qui moralement laisse bien loin en arrière le cessionnaire et le failli.

Il n'est ni failli ni démissionnaire de biens.

Il n'est pas failli dans le sens juridique du mot, mais il est en état de faillite, puisqu'il y a cessation de paiements, qu'il était commerçant, commerçant privilégié, assermenté, ayant le monopole de la confiance publique et que l'axiome inscrit en tête de l'Almanach de la Bourse, qui est le vade-mecum de l'agent de change, porte qu' « exécution vaut faillite. »

Il n'est pas failli et ne pouvait l'être dans l'acception ordinaire; car, lorsqu'il cesse ses paiements, qu'il tombe en état de faillite, ce n'est pas la faillite et ses effets, ses formalités et ses règles qui l'attendent, mais la banqueroute avec sa procédure. — « Les agents de change et courtiers qui auront fait faillite, seront punis de la peine des travaux forcés à temps : s'ils sont convaincus de banqueroute frauduleuse, la peine sera celle des travaux forcés à perpétuité; » (art. 404 code pénal.) — (Art. 89 code commercial.)

A plus forte raison n'est-il pas démissionnaire de biens; il ne les offre pas à ses créanciers, on s'en empare d'autorité. Il n'eût pas obtenu la faculté de les céder. La loi disait aux tribunaux qu'il était indigne de cette faveur humiliante, parce qu'il était dépositaire et qu'elle la refuse à qui a porté la main sur une chose sacrée, le dépôt. (Art. 905 pro. civ.)

A la vérité, la faillite n'est pas déclarée au palais; la banqueroute n'est pas établie par des poursuites; la fraude, l'escroquerie, l'abus de confiance, la falsification du carnet et du journal, les contrefaçons de signatures appelant un crédit imaginaire n'ont pas été contradictoirement, entre le ministère public et la défense, devant le jury du pays, après discussion, constatés par la Cour d'assises; mais, les causes de la banqueroute existent d'une manière patente, notoire. Et, si de ces causes ne sortent pas tous leurs effets, si ces extrémités ne se produisent pas, si la voix de la justice ne s'est pas élevée pour condamner cet agioteur, si son bras ne l'a pas frappé, c'est qu'elle n'a pas été saisie du crime; on lui a mis à tort un bandeau sur les yeux. Dans l'intérêt du crédit public, pour l'honneur de la corporation, pour la sécurité des transactions à venir, le Syndicat ne s'arrête pas aux longueurs d'une faillite. Il prend tout et paye tout. Il s'empare de la charge. On ne fait pas destituer un agent de change; le temps que nécessite une telle formalité amoindrirait le prix énorme de ce titre, les créanciers auraient trop à en souffrir. La corporation le destitue de son chef, instantanément; elle l'expulse de son cabinet, elle le chasse de la Bourse, se saisit de sa caisse, de son portefeuille, de tout, sauf de sa personne dont elle ne fait plus de cas.

Certes, cette destitution sommaire équivaut à une condamnation judiciaire, à un jugement. Si pourtant l'on se plaçait au point de vue strictement légal, négative serait encore la réponse. Il s'agit bien de procédure vraiment! Le droit politique ne vit point, dans le cercle restreint de l'audience, d'une jurisprudence aride, étroite, méticuleuse, ni des arguties du légiste. Un intérêt autrement considérable est discuté; et là, c'est la probité d'une assemblée française sur laquelle on délibère. Quel doit être le guide du juge et du législateur politiques? La morale seule. Il y a identité de la politique et de la morale; et, toutes les fois que la première est en désaccord avec la seconde, celle-là est dans l'erreur.

Oh! il y a bien mieux qu'une condamnation judiciaire dans la mesure extra-légale de la destitution par la corporation et de l'exécution qui l'accompagne, il y a une ratification de la part de l'exécuté lui-même.

Un homme est appréhendé au corps; on le conduit
à la barre de la justice et procès lui est fait. Il
est condamné. Souvent il est coupable et l'arrêt
est juste. Quelquefois aussi il est innocent; et, soit
impéritie, soit concours de circonstances malheureu-
ses, il n'a pu administrer la preuve de son inno-
cence. Nos annales judiciaires nous racontent les
erreurs de la justice. Tristes enseignements, hélas!
et qui font voir tout le néant de notre raison. Dans
tous les cas, un doute peut planer encore sur
la culpabilité du condamné.

Mais, voilà un agent de change à qui le Syndicat
signifie de quitter le palais de la Bourse, de tout
livrer à la Corbeille; un agent dont la fuite est
favorisée par ses collègues, de peur qu'il ne compro-
mette l'honneur de la corporation, en subissant un
procès criminel. Et si cet agent de change n'a pas
enfreint, outre les règlements de sa profession, les
devoirs les plus rigoureux de l'honneur et de la
probité, il acceptera sans mot dire une destitution
prononcée par une autorité qui ne pouvait que la
proposer au Gouvernement! Il ne recourra pas à
l'autorité compétente! Il se laissera de bonne grâce
dépouiller d'un titre de deux millions! Il n'entre-
prendra pas même de se justifier! il sera muet pour

se défendre; et, pour toute réponse, il prendra le chemin de l'étranger! Son silence est une adhésion, un acquiescement, comme on dit au palais: il souscrit à sa honte.

Cette situation est incomparablement plus déplorable que celle du failli, et l'on s'étonne que la loi ne l'ait pas comprise dans la classification de l'article 15. C'est tout simple pourtant. On compte en France environ 150 agents de change répartis dans les villes de Paris, Lyon, Marseille, Bordeaux, Toulouse, Lille, etc. J'ignore si les exécutions sont aussi nombreuses qu'au temps où M. Hennequin plaidait pour M. Forbin-Janson contre l'agent de change Perdonnet; mais, leur nombre est si minime que c'eût été presque une personnalité blessante pour cette corporation que d'insérer dans le décret un alinéa à son adresse. Tandis que la loi devait se préoccuper spécialement des faillis, à une époque où le commerce et l'industrie tendent à tout envahir et où l'année 1867, d'après le dernier rapport du Garde des sceaux, M. Baroche, a vu se déclarer 5.581 faillites. S'occuper des faillis était pour elle une obligation sérieuse; mais pense-t-on que si la loi eût soupçonné qu'on mît en doute son intention de considérer, comme indigne, l'agent de change exécuté, elle ne l'eût pas nommé expressément? Le code ne peut marquer d'avance tous les cas possibles, parce que le législateur ne lit pas dans le livre de l'avenir tous les faits qui peuvent surgir de la malignité humaine, des passions, de l'audace, de l'ambition et des hasards de la vie.

———

A coup sûr, l'infirmité du sourd-muet est facile à constater; et, cette infirmité le rend incapable de remplir les fonctions législatives.

A coup sûr, le proxénète patenté est tout aussi indigne que l'individu condamné pour outrage à la pudeur; son indignité est constatée par son inscription à la préfecture de police et au rôle des contributions, ce qui vaut bien un jugement; son indignité est mieux connue, n'étant pas couvert par l'obscurité et servant les appétits de la multitude.

A coup sûr, l'officier ministériel et le magistrat inamovible destitués, le premier par la chambre de discipline de sa compagnie, le second par la Cour de Cassation, sont aussi indignes que «les notaires, greffiers et officiers ministériels destitués par un jugement ou une décision judiciaire». La délibération de la Chambre est couchée sur le registre de la corporation. L'arrêt de Cassation dort au greffe de la Cour et dans les archives de la Chancellerie. Documents impérissables! ils assurent l'authenticité et la perpétuité du brevet d'infamie dont sont porteurs l'officier ministériel, que ses confrères repoussent avec mépris, et le juge prévaricateur.

A coup sûr, l'agent de change destitué par le Syndicat et exécuté à la Bourse ne peut être comparé à un failli. Il est des faillis ruinés par le malheur et que la sympathie et l'estime accompagnent. L'exécuté, lui, est toujours mis au ban par la conscience publique. On sait comment arrivent ces désastres scandaleux: par la soif du gain, un luxe insensé, les abus de confiance et la fraude. Grand est le retentissement de sa chute! et, il acquiert, au dépens de son honneur, la triste notoriété qui s'attache aux fripons.

Officier ministériel et agent de change ont été frappés, non par la justice, mais par leur corporation à qui la loi confie un pouvoir réglementaire sur ses membres, par la corporation qui la première est intéressée, par respect pour sa dignité, à ce que ces flétrissures ne soient infligées que dans des cas extrêmement graves.

Et, tout comme la chambre de discipline, le Syndicat garde sur son cahier la sentence d'exécution qui rend la tache indélébile.

Semblables à Macbeth dont les mains portaient toujours les traces de la nuit fatale, quoiqu'ils fassent, ils ne pourront passer : le juge, pour un magistrat intègre ; le notaire, pour un confident scrupuleux ; le proxénète, pour avoir des mœurs polies. *Vol, abus de confiance*, resteront écrits sur le front du dépositaire infidèle, de l'agent exécuté.

Indignes !

———

Assimilez donc, dirai-je au Corps-Législatif, le sourd-muet à l'interdit, associez leur infortune.

Assimilez aux indignes des numéros 5 et 6 de l'article 15, le proxénète patenté; vous lui ferez beaucoup d'honneur.

Assimilez au numéro 8, art. 15, l'officier ministériel destitué par sa corporation et le magistrat inamovible destitué par la Cour de Cassation; ils ne se trouveront point en trop mauvaise compagnie. Dieu me garde ! Ils verront avec eux « les condamnés

pour vagabondage et mendicité, n° 9, art. 15. »
que la bouche du juge a rendus indignes.

Assimilez au failli l'agent de change exécuté à la
Bourse et destitué par le Syndicat. Ce sera le mieux
loti de tous. Celui que les hasards du négoce ou
la faute d'autrui ont entraîné à la ruine et celui
que la soif de l'or a perdu, *auri sacra fames!* celui
qui a loyalement conduit ses affaires et celui qui,
dans l'espoir de s'enrichir, s'est approprié un dépôt;
celui dont la conscience est sans reproches et celui
qui, de son gré, pouvant le contraire, a renoncé à
la probité, âpre au gain, avide de luxe, âme cor-
rompue ne rêvant que jouissances et richesses: tous
deux seront confondus dans la même peine. O faiblesse des lois humaines! Le législateur châtie sans
distinction, à un égal degré, le malheureux et le
pervers. Et l'exécuté pourra coudoyer un failli hon-
nête homme.

Assimilez sans crainte. Il ne s'agit pas de vérifier
l'honorabilité des élus du suffrage universel, la vérification est toute faite; il ne s'agit pas de *blackbouler* et de *choisir*. Il s'agit de comparer une
incapacité à une incapacité, quatre indignités à
quatre indignités de même nature, une espèce à une
espèce; de déterminer le caractère d'une exception,

tion, de faire rentrer un fait dans cette exception, en vertu du principe que les lois ne disposent que pour les cas ordinaires, qu'elles se bornent à énoncer une règle, en traçant nettement ses faces diverses, et que, pour la mise en œuvre de cette règle, pour l'application du droit au fait, elle s'en rapporte au juge.

Assimilez, parce que tous les caractères qui, d'après les termes ou l'esprit du législateur, déterminent une incapacité ou une indignité, se rencontrent dans ces cinq espèces.

Assimilez enfin, si vous ne voulez point sanctionner une injustice criante et qui vous déshonorerait. Ou bien, abolissez l'article 15 et proclamez que désormais les électeurs seront libres de choisir, s'ils le veulent, leurs candidats à Cayenne. Tous les Français sont éligibles!

N'ayez pas, au sujet d'une indignité et d'une incapacité, un scrupule que vous n'avez pas à propos d'une incompatibilité et ne vous montrez pas plus rude pour les chambellans que pour les indignes dont l'exclusion est demandée.

Une simple assimilation suffit; il n'est nul besoin de bouleverser la loi, car on ne sort pas de son esprit.

Vainement argumenterait-on de ce que ces individus sont électeurs. L'autorité, qui dresse la liste électorale, ne peut en rayer que ceux qui sont nominativement désignés dans le décret organique. Elle est incompétente, quant aux assimilations à faire, et elle empièterait sur les attributions du Corps-Législatif qui, lui, n'a nul besoin de son pouvoir de législateur pour les opérer, mais à qui suffit celui du juge.

En 1862, je crois, un membre de l'Académie française que la presse libérale compte au premier rang, avait développé un plan de réforme électorale — l'expression est juste, c'était toute une réforme — qui consistait à imposer à l'électeur d'écrire lui-même son bulletin sur le bureau électoral; ce qui nécessitait de savoir lire et écrire pour être admis à voter. De très-bons esprits adoptèrent ce projet qui, en assurant l'indépendance et l'intelligence du vote, aurait rapidement propagé l'instruction primaire, par le désir que chacun aurait eu de devenir citoyen. M. Jules Favre se fit l'interprète de cette idée à la Chambre et la presse officieuse, flairant sous cette proposition la fin des candidatures officielles et jouant le rôle d'agent provocateur, répandit contre lui un flot d'invectives. On traita son projet de réforme d'*adjonction des capacités*, d'*oligarchie des gens sachant lire et écrire*. Pour dépopulariser l'éloquent orateur, le défenseur de la liberté et l'un de ceux qui ont contribué le plus à relever l'esprit public en France, on le dénonça comme un aristocrate et un réactionnaire. C'était pitié !

L'exécution de ce plan exigeait évidemment une révision du décret de 1852 ; car, ni l'esprit, ni le texte de ce décret ne permettent, de par lui, d'éliminer de l'urne électorale et de la Chambre, les gens illettrés. Nous n'aurions pas été, il est vrai, ramenés à l'état où se trouvait le pays en 1840, lors des banquets réformistes, à cette époque de privilége censitaire où, dit le continuateur de Louis Blanc, M. Elias Regnault, « on proclamait partout la nécessité de la réforme et l'on citait les plus monstrueuses anomalies de la loi du monopole! Un fait entre mille donnait la mesure de sa moralité. Dans une ville de la Seine-Inférieure, le bourreau était électeur et le premier président de la cour royale ne l'était pas.» Non, nous ne revenions pas au monopole. Néanmoins, la proposition de M. Jules

Favre introduisait une modification profonde dans l'organisation du suffrage, puisqu'elle atteignait une notable portion des citoyens. Une loi seule pouvait les exclure; de même qu'il a été besoin de l'article 26 pour détruire cette loi du 31 mai 1850 qui avait si jésuitiquement falsifié la loi réglementaire du 15 mars 1848.

Mais l'incapacité et les quatre indignités en question rentrent d'elles-mêmes dans l'article 15. Un article de loi serait superflu.

Et combien indispensable est cette jurisprudence! Elle fermera le Parlement à ces déclassés de l'honneur qui se ruent, comme dans un *steeple-chase*, à la réhabilitation par l'élection. Belle doctrine, ma foi! Le Corps-Législatif français n'est pas un lieu d'expiation où les *purifications légales* se pratiquent. Réhabilitation! C'est tromperie, mensonge, corruption que l'on emploie pour entrer dans cette enceinte qui doit réhabiliter. Superbe est le début et cela promet!

D'ailleurs, en vertu de quel principe vous réhabiliteriez-vous par l'élection? Pensez-vous qu'elle efface les crimes, qu'elle vous rende bon de mauvais

que vous êtes? Estimez-vous que les acclamations
de vos concitoyens vous purifient? Descartes disait
que « la pluralité des voix n'est pas une preuve qui
vaille rien pour les vérités un peu malaisées à dé-
couvrir ». On peut ajouter qu'elle est impuissante à
réhabiliter. Au temps où la tyrannie mit fin à la
République romaine, rapporte Suétone, César ordonnait au peuple de nommer un tel consul ou
tribun; il désignait les siens dans des tablettes qu'il
envoyait à toutes les tribus et qui contenaient ce
peu de mots : *Cæsar dictator illi tribui. Commendo
vobis illum et illum, ut vestro suffragio suam dig-
nitatem teneant.* Et le peuple, qui avait appris ce
qu'étaient les ordres de l'ancien triumvir, répondait
d'une voix : que la volonté de César soit faite !
Après lui, Octave-Auguste ne se servit plus des
tablettes que rappelle assez bien le bulletin piqué
à la carte d'électeur. Mieux que César il savait dis-
simuler, c'est-à-dire régner. Leur despotisme était
le même; les moyens différaient. Plein d'audace, le
premier avait franchi le Rubicon et d'autorité s'était
fait le maître de Rome : l'autre, grâce à son astuce,
à ses ruses, à ses largesses, se fit décerner le titre
de Père de la patrie. Il n'ordonnait pas, à l'exemple
de César, mais il présentait ses créatures aux
comices : *tribus cum candidatis suis circumibat,*

4

supplicabatque......; là, il distribuait de bonnes
paroles et aussi force sesterces, *congiaria populo
frequenter dedit;* puis il recueillait, comme il lui
plaisait, les suffrages, *prout libuisset perrogabat.*
Sans doute, plus d'un préfet du second Empire re-
grette cet âge d'or des candidatures officielles. Alors, le
bon plaisir du prince pouvait relever, non aux yeux
de la morale bien entendu, les déchéances des fa-
voris ; mais, tout autre est le suffrage moderne.
Indépendance et probité : c'est sa devise. Il ne ré-
habilite pas, quoiqu'il s'égare. L'urne n'est pas un
confessional où l'on reçoit l'absolution.

Réhabilitation ! Pourquoi ne l'étendriez-vous pas
de même, cet ingénieux moyen de se refaire une
virginité, aux impurs de l'article 15 ?

Parmi les membres du Corps-Législatif, il est
peut-être des officiers ministériels et des agents de
change.

Si l'un d'eux, par impossible, se livrant à des
spéculations que la loi défend, jouait l'honneur et
l'argent; et que sa corporation, émue de sa conduite et
de ses pertes, vint un jour à s'emparer de sa charge,
de ses titres, de sa caisse, le chassât de ses bu-
reaux, l'expulsât du Palais ou de la Bourse, oserait-
il venir prendre sa place au Corps-Législatif, monter

à la tribune, parler de droit et de morale, dicter des lois à son pays? La France frémirait d'une pareille audace; le Corps-Législatif entier se lèverait pour protester indigné et les honnêtes gens approuveraient.

Que la destitution ait eu lieu avant sa candidature, je vous demande ce qu'il y a de changé chez cet homme et si sa présence dans une assemblée la contaminerait moins!

Ne jetez pas ces quatre indignes dans l'article 15 et vous mettez le sceau à la plus odieuse infamie. Le mépris même de ces indignes vous atteindrait: la perversité est logique et va loin.

Cela me rappelle un récit émouvant de Thucydide. La Grèce était en décadence, les massacres de Corcyre l'avaient mise en deuil et le sublime historien achevait de buriner le dialogue des Méliens et des Athéniens. Ivres de leur triomphe, ces derniers se déclaraient hautement les comtempteurs de la justice; la force l'emportait. Dans sa tristesse, Thucydide a des accents magnifiques pour flétrir cette violation des lois de l'humanité et de la morale.

Ces indignes aussi se déclareraient les contempteurs de la justice, si je ne sais quel méprisable sophisme, déguisé sous le nom de raison d'état, ayant plus de force aux yeux d'un grand pays que la justice elle-même, tolérait leur entrée à la Chambre.

Mais, dira-t-on, ne serait-ce point porter atteinte à la liberté des votes ? Toutes les incapacités légales ont l'inconvénient de poser des bornes au choix des électeurs. C'est une restriction inévitable. Et puis, ne nous aveuglons pas sur l'enthousiasme des populations. Les priver d'envoyer siéger un proxénète, un officier ministériel et un magistrat inamovible destitués, ou un agent de change exécuté, ne sera point pour elles un trop rude crève-cœur. En tout cas, elles feront ce sacrifice sur l'autel de la patrie. Mais il est bien plus naturel de penser que ces gens-là, flatteurs qui ont l'art de déguiser leur ambition sous les dehors d'amis du peuple, n'arriveront à se faire élire qu'à force de duplicité et de manœuvres, que de croire un corps électoral assez pourri pour les mettre sur le pavois, s'ils étaient connus. Et, il semble que c'est pour leurs adversaires, vaincus des luttes électorales, que Montaigne a dit : *Il est des défaites triomphantes à l'envy des victoires.*

Multiples alors seraient les motifs de leur exclusion.

———

Oui, le suffrage universel est aujourd'hui la grande loi sociale. Tous les hommes sont égaux. L'intelligence et la vertu doivent seules apporter des inégalités dans leur état moral ; c'est encore une conséquence du principe de l'égalité.

Par le suffrage, tous les hommes prennent part au gouvernement du pays. Plus large sera cette part, plus nous nous rapprocherons de la liberté qui est notre but : *libertà che è la substantialità del governo popolare,* selon la parole de Guicciardin.

Les castes, les priviléges ont disparu par le suffrage.

Lui seul est appelé à régner. « Tout pouvoir émane de la nation », lit-on dans la Déclaration des droits de l'homme.

L'honnêteté est la condition nécessaire pour qu'une institution soit durable : c'est sa vie.

L'honnêteté ne peut être séparée du suffrage universel. Elle est aussi indispensable que la liberté.

Ecoutez ce que disait Montesquieu qui avait beaucoup médité sur les différents systèmes par lesquels se gouvernent ou plutôt sont gouvernés les hommes:

« Il ne faut pas beaucoup de probité pour qu'un
» gouvernement monarchique ou un gouvernement
« despotique se maintiennent ou se soutiennent.
« La force des lois dans l'un, le bras du prince
« toujours levé dans l'autre, règle ou contient
« tout. Mais dans un état populaire, il faut un
« ressort de plus qui est la vertu. »

La vertu en politique! Ah! cela fait rire. Naïf! Il n'y a d'autre vertu que l'utilité. La fin justifie les moyens. Qu'un parti triomphe; peu importent les voies, les hommes et les choses. Pour les uns, esprits indifférents, *addormentatori*, suivant le mot des Florentins, ces questions sont disputes vaines. Ce qui touche les autres, âmes bouillantes, passionnées, promptes à l'impatience, c'est de réussir. La vie politique n'est-elle pas un combat à outrance où le vainqueur a toujours raison? Voilà ce que disent de très-honnêtes gens, ma foi! des gens qui, dans la vie privée, sont délicats, incorruptibles, puritains

même, mais que l'esprit de parti égare, dès qu'il
s'agit des affaires publiques. La vertu règne sur leur
foyer ; ils la bannissent du forum. Minutieux à l'excès
dans les relations ordinaires, les rivalités politiques
oblitèrent leur conscience. Et là où le devoir devrait
être la règle de leurs jugements et de leurs actes,
lorsqu'il leur faudrait juger tout, décider de tout
par cette lumière, ils deviennent d'une timidité ex-
cessive. La moindre obscurité, l'objection la moins
sérieuse, la plus indigne d'une hésitation, les arrê-
tent. Ont-ils à gagner un partisan, à plaire à un
journal, à rendre hommage à une idée irréfléchie
mais qui aura quelque popularité, ils se traîneront
terre à terre, n'osant pas seulement discuter un
article de loi qui prête à équivoque. La lettre les
tue, les aveugle ; ils ne voient qu'elle : l'esprit qu'elle
cache leur fait peur. Peu s'en faut qu'ils ne s'écrient
après Jean de Broë : malheur à qui touche aux oints !
Si un juge mis à mal par le même scrupule appliquait servilement une loi civile, sans s'inquiéter du
sens qu'elle renferme, on serait prompt à le taxer
d'ignorance. Il n'en est rien pour le magistrat politique. Certains prétendent sérieusement que la loi
politique ne s'interprète pas de même que la loi
civile. Par hasard serait-elle une science occulte ?
Ce sont de tels penseurs que raillait Fiévée, lors-

qu'il contait, avec son plus fin sourire, que « la
politique est ce qu'on ne dit pas». A les croire, la
théorie des deux morales est excellente ; la grande
morale, la large morale, celle que par corruption de
langage on nomme machiavélique, est la source du
droit politique. Législateurs eunuques ! disait Louis
Blanc parlant à Félix Pyat de ces hommes inféodés
aux vieilleries de leurs préjugés. Ainsi, l'article 15
ne parle que du condamné pour outrage à la pudeur;
le proxénète, lui, est mille fois plus indigne : cela ne
fait rien. Seul le condamné sera exclu, parce qu'on
ne lit pas dans cet article 15 le nom du proxénète.
Une loi qui veut le moins veut le plus. Et bien non.
De telle façon que si, dans les lois ordinaires, on
apportait cette interprétation judaïque, on leur ferait
dire les absurdités les plus révoltantes, et commettre
de monstrueuses injustices. D'une faiblesse inconceva-
ble pour le proxénète, la loi serait draconnienne pour
le condamné. Que si le législateur voulait parer à
cet inconvénient, il faudrait qu'il eût le don de de-
viner les énigmes de l'avenir, de prévoir et de marquer tous les cas possibles. Le plus gros volume ne
suffirait pas à la prescription la plus insignifiante;
et les juges seràient inutiles; chacun expliquant la
loi sans peine. Eh ! nos lois sont bien assez nombreuses et nos codes encombrés !

Et puisqu'au dire de *l'Esprit des lois*, dans les états populaires, nécessaire est l'honnêteté, avec quel soin, quelle bonne foi, quel désintéressement ne doit-on pas interpréter la première de toutes les lois politiques, la loi fondamentale de l'état populaire: le suffrage universel? Quand on songe au pouvoir redoutable, terrible, dont le suffrage arme le législateur et quand on se dit que ce pouvoir pourrait tomber entre des mains à jamais souillées! on se demande vraiment si ce n'est point par une sorte de superstition grossière que le Corps-Législatif n'oserait pénétrer au cœur de la loi, afin d'en arracher le sens, et s'il ne serait pas odieusement coupable de sanctionner une iniquité manifeste pour tous. Le législateur suspecte la probité de celui qui tend la main au passant, alors peut-être que la faim seule le presse, et il permettrait au juge déclaré indigne d'inscrire son nom sur les tables saintes de la loi! L'article 15 ne peut vouloir cette injustice; et, si le Pouvoir-Législatif, par je ne sais quels arguments, lui faisait vouloir ce qui n'est certes pas dans son économie, et bien! pour l'honneur de l'histoire, l'article 15 devrait être aboli.

Oui, certes, vous réjouiriez les ennemis de la liberté. Ils diraient: — Ah! en France, on est habile à parler d'honneur, de libéralisme et de démocratie ; mais, la pratique diffère. Le langage des français est doré : Suffrage universel ! Saint des saints ! Loi pure par excellence !... Venons au fait. On le traîne dans la boue ce suffrage, sans se soucier que l'on donne raison au blasphème de Mariana reproduit par Royer-Collard : *Démocratia quœ perversio est*.

Gardez-vous de laisser la démocratie devenir la perversion ! Craignez que le suffrage universel né aux sources elles-mêmes de la vertu ne soit souillé. Que cet article 15 ne soit point, par votre erreur, absurde, injuste, impie, barbare !

On me répondra : vous allez chercher des hypothèses impossibles, en dehors des prévisions du législateur lui-même. Sans doute, au point de vue du fait, ces hypothèses devront être fort rares, irréalisables même ; mais au point de vue du droit, elles subsistent avec toute leur force. Et, puisqu'on discute ce droit, il faut bien que le Corps-Législatif prononce.

Au reste, est-il une question, si minime qu'elle soit, qui puisse être traitée avec indifférence, lorsqu'elle porte sur l'honnêteté ?

Un tel reproche ne partira pas du sein d'une assemblée française ; car, si la probité était bannie de la terre, nos Représentants lui donneraient asile. Ce n'est pas eux qui crieront à l'exagération. Et quand même ! « Et bien oui, disait M. Jules Simon, exagérons la probité ; c'est une belle sorte d'exagération, dont on n'a pas encore abusé. »

40

www.ingramcontent.com/pod-product-compliance
Lightning Source LLC
Chambersburg PA
CBHW060818180626
46818CB00002B/870